Die Blaue Eislilie

Bald ist Weihnachten, aber es schneit einfach nicht. Genau wie im letzten Jahr. Warum gibt es keinen Winter mehr? Das fragen sich Nils, Fabian und Lara, die in einem Waldhaus mit ihren Haustieren zusammen leben.

In der ganzen Welt regnet es ununterbrochen und ein Ende scheint nicht in Sicht. Bis Lara eines Nachts eine ganz besondere Maus im Flur trifft und von ihr erfährt, dass der Schneewolkenkönig eingeschlafen ist.

Um ihn wieder zu wecken, muss erst der Zauber gelöst und die Zwiebel der Blauen Eislilie gefunden werden. Und das ist noch längst nicht alles.

Eine wirklich schwierige Sache, die Kinder sind ratlos. Ob ihnen die Tiere mit ihren außergewöhnlichen Fähigkeiten helfen können?

Die Blaue Eislilie

von

Cora Schmidt

Für Karla

*die dafür gesorgt hat, dass meine
Märchenträume aus der Kindheit
nicht verloren gingen*

DIE BLAUE EISLILIE

DREI KINDER UND DREI HAUSTIERE

In einem großen Haus, dicht an einem schönen Wald gelegen, wohnten einmal drei Kinder. Es waren zwei Jungen und ein Mädchen.

Die Kinder hießen Nils, Fabian und Lara. Sie wohnten jedoch nicht allein in dem Haus, sondern es lebten noch ein großer Wachhund, ein Kater und eine Katze mit ihnen zusammen.

Diese Haustiere waren keine gewöhnlichen Tiere, wie man jetzt vielleicht meinen könnte. Nein, diese Tiere waren anders:

Sie konnten sprechen und sich mit den Kindern genau so verständigen, als würden sie sich mit ihren Spielkameraden unterhalten. Und jedes Tier hatte eine besondere Fähigkeit:

Der Hund hieß Nicolino, weil er aus

Italien stammte. Er war kohlraben-
schwarz und hatte eine besonders
große Nase. Seine Nase war beinahe
so groß wie ein Tennisball, und er
konnte damit über viele Meilen hinweg
alles genau riechen.

Und weil er diese Fähigkeit besaß,
wusste er vieles, wovon Hunde mit
gewöhnlichen Nasen keine Ahnung
haben.

So wusste er zum Beispiel, was es bei
den Eskimos gerade zum Mittagessen
gab oder roch den Braten von
Känguruhs, die in Australien zu Hause

waren.

Aber er konnte auch andere Dinge riechen, so dass er, wenn er sich bei der Polizei vorgestellt hätte, bestimmt ein guter Spürhund geworden wäre.

Der Kater war ebenfalls kohlraben-schwarz, und er hatte auf der äußersten Schwanz-spitze weiße Haare. Sein Name war Isidor.

Er war sehr klug und dachte fast den ganzen Tag auf einem ruhigen Plätzchen über alle weltbewegenden Dinge nach.

Man hätte meinen können, das er fast den ganzen Tag schliefe, weil er immer die Augen ganz fest zu machte, aber das war nicht so.

Isidor konnte mit seinen kurzen spitzen Ohren über weite Entfernungen hören. Manchmal behauptete er sogar, er könne das Gras wachsen oder den Frühling herannahen hören.

So wusste er über alles Bescheid, ob es nun im tiefsten Afrika oder im allerhöchsten Norden geschah.

Das dritte Tier im Hause war eine junge kleine Tigerkatze mit weißen Katzenpfötchen und einem schwarzen Tupfer auf der äußersten Schwanzspitze. Sie hieß Kira.

Sie war erst vor zwei Monaten in das Haus eingezogen und noch sehr verspielt.

Sie spielte gern mit kleinen Bällen oder Papierfetzen und manchmal auch „Großer Katzenkampf" mit Isidor.

Auch sie hatte eine besondere Fähigkeit: Sie konnte so schnell laufen, dass sie in einer Stunde mindestens 200 Kilometer zurücklegen konnte. Vielleicht war es auch noch mehr.

So lebten sie alle recht fröhlich zusammen. Der Sommer verging und der Herbst kam. Und immer war das Wetter so, wie es sein sollte:

Im Sommer viel Sonne und manchmal auch etwas Regen und Gewitter. Im Herbst schon etwas kühler, öfter mal einen Regenschauer.

Morgens war es oft neblig und es bildete sich Rauhreif, der im Schein der Straßenlaterne so lustig glitzerte und das trockene Laub auf dem Waldboden unter den Stiefeln knirschen ließ.

Fabian bekam immer ganz kalte Finger und rot gefrorene Ohren, weil er trotz aller Ermahnungen oft seine Mütze und Hand-schuhe zu Hause vergaß. Dafür war es mittags noch oft sonnig und für die Jahreszeit recht warm. Als sich der Herbst seinem Ende zu-neigte und es schon auf den Dezember zuging, freuten sich die Kinder schon mächtig auf den Schnee.

Aber was meint ihr? Was glaubt ihr was geschah? Das schöne Wetter war plötzlich von einem Tag auf den anderen vorbei und es regnete tagelang.

Es regnete ganz leise, es regnete stärker, es regnete, dass es nur so gegen die Scheiben trommelte. Den ganzen Tag war der Himmel mit grauen Wolken verdeckt und es wollte tagsüber gar nicht richtig hell werden.

Die Kinder wurden mit der Zeit ganz missmutig, denn sie konnten gar nicht mehr draußen spielen.

Auch die Tiere wurden ganz traurig, weil der Regen gar nicht aufhören wollte. Dabei machte Nicolino so gern lange Spaziergänge durch den Wald.

Aber bei diesem Wetter machte es ihm gar keinen Spaß mehr.

Aus Langerweile stritt er sich nun öfter mit dem Kater, worauf Isidor ihm wütend mit der Pfote und ausgefahrenen Krallen auf die Nase schlug.

Jaulend legte Nicolino sich auf sein Hundefell und hörte schniefend dem Regen zu, der gegen die Fensterscheiben prasselte.

Isidor machte einen Buckel und pfauchte wütend das Wetter an. Kira hatte sich in ihren Ohrensessel am Kamin zusammen- gerollt und schlief friedlich.

Die Kinder seufzten um die Wette: „Wenn es doch nur endlich schneien würde!"

„Ja, ja", brummte Nicolino. „Wie schön wäre es, wenn ich jetzt mal so richtig durch den Schnee wirbeln könnte."

„Miau, miau", maunzte Isidor zustimmend. „Das sieht immer so lustig aus, wenn du das tust. Denn dann bist du kein schwarzer Hund mehr, sondern zur Abwechslung mal ein weißer."

„Miiieeeez, miiieeeez", schnurrte Kira und reckte sich in ihrem Sessel. „Und ich könnte meine schwarze Schwanzspitze in den Schnee halten und sie würde genauso weiß wie deine."

Die Kinder aber sagten untereinander: „Wir möchten so gerne mal wieder einen riesengroßen Schneemann bauen oder eine zünftige Schneeballschlacht machen. Und wir möchten so gerne mal wieder zum Rodelberg und mit unseren Freunden eine Wettfahrt machen."

„Ja", sagte Nils, „ich habe mir doch extra einen neuen Schlitten zu Weihnachten gewünscht. Was soll ich denn damit anfangen, wenn gar kein Schnee liegt?"

Aber obwohl sie alle den Schnee so sehr herbeisehnten, regnete es immer noch weiter.

Wieder einmal war ein solcher Regentag vergangen und die Kinder waren ins Bett gegangen.

Nils und Fabian schliefen zusammen in einem Zimmer. Sie hatten dort ein Doppelbett. Nils hatte das obere und Fabian das untere Bett. Lara hatte das Zimmer nebenan.

Sie hätte auch gerne Gesellschaft in ihrem Zimmer gehabt, weil sich ihre Brüder abends noch lange unterhielten. Aber sie wusste sich zu helfen, denn sie nahm immer mindestens acht Puppen mit ins Bett.

Und wenn man abends noch mal an ihrer Tür vorüber kam, konnte man hören, wie sie ihren Puppen ganz lange Geschichten erzählte.

DIE KLEINE MAUS FIFI

Nach und nach wurde es still in den Kinderzimmern und offensichtlich waren alle eingeschlafen. Aus dem Zimmer der Jungen hörte man ein leises Schnorcheln. In Laras Zimmer war alles ganz ruhig und sie schlief ganz fest, aber sie hatte einen ganz putzigen Traum:

Sie träumte, dass sie auf der Treppe eine Maus gesehen hätte. Es war aber keine gewöhnliche Hausmaus oder Feldmaus, sondern eine Maus mit einer leuchtend bunten Aura, die weit ausstrahlte.

Lara verwunderte sich sehr im Traum, denn so eine Maus hatte sie noch nie gesehen. Sie wollte sie gerne mal in die Hand nehmen, um sie genau zu betrachten. Aber die Maus war schneller und verschwand in einem Loch an der Treppenstufe.

Als Lara so weit geträumt hatte, wachte sie plötzlich auf und wusste auf einmal, dass in ihrem Bett etwas fehlte.

Sie überlegte schlaftrunken, was es sein könnte. Dann fiel ihr ein, dass sie vergessen hatte, ihre Lieblingspuppe mit den blonden Haaren und den rosa Schleifchen aus dem Partykeller mit nach oben zu bringen.

Schnell stand sie aus ihrem Bett auf und wollte Licht machen, aber dann fiel ihr ein, dass ihre Nachttischlampe kaputt war. Sie kannte sich aber im Haus aus und deshalb fand sie es nicht so schlimm, dass das Licht nicht ging.

Natürlich vergaß sie auch wieder einmal ihre Hausschuhe anzuziehen, obwohl man ja weiß, dass man sich leicht erkälten kann, wenn man ohne Schuhe herumläuft im Haus, zumal wenn es noch Winter wird.

Sie lief also Barfuß zur Tür und öffnete sie, um über den Flur zur Kellertreppe zu gehen. Aber kaum hatte sie die Tür geöffnet, um hinauszugehen, da sah sie vor sich einen hellen bunten Schein.

Verwundert rieb sie sich die verschlafenen Äuglein und rief überrascht aus: „Nanu – das ist ja meine Traummaus!"

Und tatsächlich: Bei genauem Hinsehen konnte man erkennen, dass der helle Schein von einer kleinen Maus mit einer farbenfrohen Aura ausging, die in vielen bunten Farben leuchtete, so hell, wie eine Taschenlampe.

„Guten Abend", piepste die kleine Maus und hielt vor Laras Füßen an. „Was machst du denn noch so spät hier auf dem Flur?"

„Ich habe", sagte Lara etwas atemlos vor Staunen, „ich habe meine Lieblingspuppe mit den blonden

Haaren und den rosa Schleifchen im Keller vergessen. Ich will sie noch schnell holen und in mein Bett zu den anderen Puppen legen. Aber nun sag du mir auch, was du hier machst du kleine Leuchtmaus."

Die Leuchtmaus bewegte ihren Schwanz von rechts nach links und wieder zurück, putzte sich die Barthaare und antwortete:

„Das hat seine besondere Bewandtnis, dass du mich heute triffst. Jetzt ist gerade eine Minute nach Mitternacht und es ist der 30. November.

Und nur am 30. November zwischen Mitternacht und ein Uhr früh kann man mich sehen, denn sonst bin ich nur sichtbar, wenn man das richtige Mäuselied weiß."

Lara fiel vor Staunen bald um, als sie die Maus so reden hörte. „Das richtige Mäuselied?" flüsterte sie. Vor Aufregung konnte sie nur noch flüstern. „Was ist das für ein Lied?"

Die Maus antwortete: „Da hast du wiederum Glück, dass du mich jetzt getroffen hast, denn heute kann ich dir das Lied vorsingen. Wenn du mich damit rufst, kann ich dir vielleicht helfen, wenn du mich einmal brauchst."

„Oh ja", freute sich Lara, „sing es mir vor. Ich werde es mir ganz bestimmt merken."

Die kleine Maus hatte plötzlich eine winzig kleine Gitarre in der Hand. Sie setzte sich vorsichtig auf Laras großen Zeh und bat sie, nicht zu wackeln, damit sie nicht herunter fiele.

Sie stimmte ihre kleine Gitarre, spielte ein paar Akkorde und dann begann sie mit ihrem kleinen, piepsigen Mäusestimmchen zu singen und auf der Gitarre zu spielen. Lara war immer noch ganz verwundert und hörte staunend zu, wie die kleine Maus sang:

Mäuslein Fifi, komm herbei
ich habe einen Wunsch,
ich brauche dich, ich rufe dich
und geb' dir Mäusepunsch.

Mäuslein Fifi, komm herbei
und trinke deinen Punsch,
ich brauche dich, ich rufe dich
erfülle mir meinen Wunsch.

Als die kleine Maus zu Ende gesungen hatte, fragte Lara: „Was ist denn das für ein Mäusepunsch?"

Die Maus antwortete: „Du musst ein wenig Milch, ein Eigelb und eine Priese Zucker in einem Schüsselchen verquicken. Das ist der Mäusepunsch, so wie ich ihn gerne trinke."

„Oh, danke für den guten Rat und das Lied werde ich nicht vergessen", sagte Lara. „Aber", fuhr sie fort, „nun sage mir doch bitte auch noch wie du heißt – oder bist du etwa die Fifi?"

Die Maus setzte sich noch einmal recht bequem auf den großen Zeh des kleine Mädchens zurecht, griff nochmals zur Gitarre und spielte ein paar Akkorde. Dann sang sie:

Ich bin Fifi, die kleine Maus
Ich kenn' mich aus in jedem Haus
Ich warte auf den Vollmond nicht
Weil ich ja hab' ein eigenes Licht.

Als das Mäuschen zu Ende gesungen hatte, machte Lara vor lauter Vergnügen einen Hops und das Mäuschen fiel von ihrem Fuß etwas unsanft auf die Erde.

„Ach entschuldige liebe Fifi", rief sie ganz erschrocken, als sie merkte was passiert war.

„Na ist nicht so schlimm", meinte das Mäuschen und putzte sich den Staub von seinem Bäuchlein ab.

„Nun weißt du Bescheid und wenn du mich brauchst, sing nur das Lied. Am schönsten wäre es natürlich, wenn du auch Gitarre spielen könntest, denn mit einem Instrument zusammen hört es sich noch mal so gut an."

Lara sah das Mäuschen an und überlegte. Gitarre spielen konnte sie ja nicht. Doch plötzlich fiel ihr etwas ein. Sie hüpfte von einem Bein auf das andere und sagte:

„Ich weiß was ich tue. Zwar habe ich keine Gitarre, aber ich habe ganz viele Klangstäbe und ich kann auch schon ganz gut damit umgehen. Zum Beispiel kann ich „Alle Leut, alle Leut geh'n jetzt zur Ruh" spielen."

Die Maus Fifi nickte zustimmend und sagte dann: „Ja, das ist gut. Dann spielst du auf den Klangstäben und singst dazu, wenn du mich brauchst. Aber nun solltest du auch wieder zur Ruh gehen, denn es ist bald ein Uhr nachts."

„Leuchte mir doch bitte auf der Treppe", bat das kleine Mädchen, „ich will nur noch schnell meine Puppe holen."

Die Maus Fifi tat Lara gern den Gefallen und leuchtete so hell, wie sie nur konnte und so fand Lara ihre Puppe ganz leicht.

Die Maus leuchtete ihr auch wieder nach oben bis in ihr Zimmer. Lara legte ihre Puppe zu den anderen in ihr Bett und kaum hatte sie sich selbst ins Bett gelegt, da hörte sie, wie ganz in der Ferne die Kirchturmuhr eins schlug.

Fifi sagte noch schnell: „Gute Nacht!" Und dann war ihr Licht erloschen und man konnte sie nicht mehr sehen. Lara war auch sehr müde und vergaß sogar, Fifi ebenfalls eine Gute Nacht zu wünschen.

Als Lara am anderen Morgen aufwachte, glaubte sie, dass sie alles was in der Nacht geschehen war nur geträumt hätte. Wie erstaunt war sie aber, als sie aufstand und zu ihrem Schreibtisch ging.

Mitten auf dem Schreibtisch lag auf ihrer Musikfibel ein beschriebenes Notenblatt und darunter ein Liedertext.

Noten konnte Lara schon lesen, das hatte sie ja bei ihrer Musiklehrerin in der Vorklasse gelernt, aber Druckschrift konnte sie noch nicht lesen, denn sie ging ja noch nicht richtig zur Schule.

Schnell lief sie mit dem Notenblatt zu Nils und Fabian ins Zimmer und weckte sie ziemlich unsanft auf. Kaum, dass die beiden Jungen erwacht waren, sprudelte sie die ganze Geschichte heraus.

Inzwischen waren auch Nicolino, Isidor und Kira hinzugekommen und hörten aufmerksam zu. Als Lara fertig war mit ihrer Erzählung, bat sie Nils, der schon in die zweite Klasse ging und gut lesen konnte, ihr zu sagen was für ein Text unter den Noten stand.

Wie groß war aber ihr Erstaunen, als Nils vorlas:

Mäuslein Fifi, komm herbei
ich habe einen Wunsch,
ich brauche dich, ich rufe dich
und geb' dir Mäusepunsch.

Mäuslein Fifi, komm herbei
und trinke deinen Punsch,
ich brauche dich, ich rufe dich
erfülle mir meinen Wunsch.

Es war das Mäuselied, das die kleine Maus Fifi Lara in der Nacht vorgesungen hatte. Darunter stand: „Viele Grüße, deine Fifi."

„Das ist ja fein", freuten sich alle. „Das ist wirklich eine nette Maus."

Inzwischen wurde es draußen immer heller, aber es waren wie an den Tagen zuvor immer noch dicke Regenwolken zu sehen und als Fabian mal sehen wollte, ob es trocken wäre und das Fenster öffnete, bekam er eine Regendusche auf den Kopf.

„Das ist ja scheußlich, jetzt sind meine Haare ganz nass geworden," schimpfte er, klappte das Fenster schnell wieder zu und ging ins Badezimmer, um sich ein Handtuch zu holen. Die anderen sahen auch missmutig zu, wie der Regen wieder einmal gegen die Scheiben trommelte.

Schließlich sagte Nils: „Ich möchte endlich mal wissen, warum es immer nur regnet und überhaupt nicht schneit."

Da riefen die anderen alle durcheinander: „Ja, das möchten wir auch wissen!"

„Miiieeez, miiieeez, warum rufen wir nicht die niedliche kleine Maus", meinte Kira und leckte sich ein wenig die Schnauze.

„Sicher ist das eine gute Idee, wuff-wuff blaff-blaff", bemerkte Nicolino und schnüffelte mit seiner großen Nase ein wenig in die Luft. „Aber wird denn die Maus überhaupt kommen, wenn hier so viele Tiere sind?"

„Da hat er ja nun Recht", sagte Fabian. „Wir müssen die Katzen in ihren

Katzenkorb bringen und Nicolino muss auch in seine Hundehütte gehen. Denn wenn wir die Maus Fifi womöglich verärgern, kommt sie am Ende nicht – und was dann?"

„Ja!" rief Lara, „wenn sie nicht kommt, können wir ihr ja nicht die wichtige Frage stellen."

Die Kinder brachten also die Tiere zu ihren Plätzen und sorgten dafür, dass keine Tür offenstand. Dann packten alle ihre Klangstäbe aus und übten erstmal das kleine Mäuselied. Als es mit dem Spielen klappte, übten sie auch das Singen.

Als das auch recht gut ging, versuchten sie es zu singen und gleichzeitig zu spielen. Es klang gut und damit nun kein Streit entstehen konnte einigten sie sich darauf, dass Fabian und Lara auf den Klangstäben spielen und Nils dazu singen sollte.

Nils zählte: „Eins-zwei-drei!" und bei

Drei ging es dann los.

Als sie fertig waren mit Singen und Spielen warteten sie gespannt, ob die Maus Fifi nun kommen würde. Sie warteten eine Minute, zwei Minuten und auch noch die dritte, aber nichts geschah.

Nur die Katzen konnte man miauen hören und Nicolino bellte in seiner Hundehütte. Ratlos schauten sich die Kinder an.

Plötzlich schlug sich Nils mit der flachen Hand an die Stirn und rief: „Wir haben ja was vergessen: Wir haben gar keinen Mäusepunsch hingestellt!"

„Kein Wunder, dass Fifi nicht kommt", antwortete Lara.

„Den müssen wir nun ganz schnell machen und ins Zimmer stellen", sagte Fabian.

Nun rannten die Kinder alle zugleich los und jeder wollte zuerst in der Küche sein. Nils holte die Milch aus dem Kühlschrank, Fabian die Eier aus dem roten Schrank und Lara nahm den Zucker aus dem grünen Schrank.

„Nun schnell eine Schüssel und einen kleinen Löffel", forderte Nils. Gleich war alles zur Hand und Lara, als angehende Hausfrau, rührte alles geschickt zusammen.

Nils als der Älteste nahm vorsichtig das Schüsselchen mit dem Mäusepunsch und trug es zum Zimmer. Fabian machte vor ihm die Tür auf und Lara machte sie hinter ihm wieder zu.

Als sie im Zimmer angelangt waren, stellte Nils das Schüsselchen auf den Boden mitten im Zimmer.

Noch einmal nahmen Fabian und Lara die Klangstäbe zur Hand und Nils zählte wiederum: „Eins-zwei-drei!" Dann sangen und spielten sie das kleine Mäuselied und es klappte noch besser als vorher.

Kaum hatten sie fertig gesungen, als aus der Ecke, wo der Stuhl zwischen dem Schreibtisch und der Kommode stand, eine kleine bunte Maus mit ihrer winzig kleinen Gitarre hervorgeshuscht kam.

Blitzschnell war sie bei dem Schüsselchen mit dem Mäusepunsch angelangt und schleckte sofort drauflos.

In unglaublich kurzer Zeit war das Schüsselchen leer. Das Mäuschen putzte sich seine Barthaare und sah sehr zufrieden aus. Dann stimmte es wieder seine Gitarre und stellte sich diesmal auf die Hinterbeinchen. Es sang:

Ich bin Fifi die kleine Maus
Ich kenn' mich aus in jedem Haus.
Ich brauch' mein Licht nur in der Nacht,
Darum habe ich's jetzt ausgemacht.

Das Mäuschen leuchtete auch wirklich nicht mehr, aber man konnte noch die bunte Aura sehen, die so aussah, wie lauter Farben in einem neuen sauberen Tuschkasten.

Als Fifi mit ihrem Lied zu Ende war, wandte sie sich an Lara und fragte: „Warum hast du mich gerufen?"

Da riefen die Kinder alle gleichzeitig: „Wir möchten gerne wissen, warum es immer nur regnet und nie schneit?"

Fifi überlegte nicht lange und sagte dann zum Erstaunen der Kinder: „Dass es jetzt regnet und überhaupt nicht schneit kommt daher, weil der Schneewolkenkönig eingeschlafen ist."

„Ja aber", begann Nils, „wie konnte es denn nur dazu kommen, dass der Schneewolkenkönig eingeschlafen ist?"

„Das ist eine lange Geschichte", meinte Fifi. „Aber wenn ihr mir zuhören wollt, will ich sie euch gern erzählen."

„Oh ja", freuten sich die Kinder. „Eine Geschichte! Wir hören auch ganz leise zu."

Doch dann fielen ihnen die Haustiere ein und sie fragten Fifi, ob sie die Anderen auch hereinholen dürften.

Nicolino, Isidor und Kira hörten nämlich auch für ihr Leben gern Geschichten und wären sicher sehr traurig, wenn sie nicht mit zuhören dürften.

„Dann möchte ich aber auf der Kommode sitzen und die Katzen und der Hund müssen sich auf den Fußboden legen. Sonst ist es mir doch etwas unbehaglich", erwiderte das Mäuschen.

Die Kinder hoben das Mäuschen sofort auf die Kommode und Lara holte ein weiches Kissen aus dem Puppenbett, damit Fifi es auch recht bequem hätte.

Nils und Fabian holten indessen Nicolino aus der Hundehütte und die Katzen aus ihren Körbchen ab.

Als alle versammelt waren, legten sich die Tiere auf den Fußboden und Nils, Fabian und Lara setzten sich auf Fabians Bett, so dass sie alle Fifi gegenüber auf der Kommode sehen konnten. Und das Mäuschen begann zu erzählen:

DER SCHNEEWOLKENKÖNIG FLOCKE

Weit weit von hier, hoch im Norden liegt das Land des Wetters. Alle vier Winde leben dort, Frau Sonne wohnt am einen Ende des Landes und Herr Mond auf der anderen Seite. Dort ist auch das Heim des Schneewolken-königs Flocke.

Der Schneewolkenkönig hat noch einen Bruder, den Regenwolkenkönig Tropfen. Die beiden vertragen sich eigentlich recht gut.

Sie teilen sich das Regiment über das Wetter, so wie sich Frau Sonne und Herr Mond zusammen mit den Sternen ihre Herrschaft über den Tag und die Nacht eingeteilt haben.

Der Regenwolkenkönig herrscht in der warmen Jahreszeit bis in den Herbst hinein. Der warme Südwind und der launische Westwind sind seine ersten

Diener. Der Schneewolkenkönig hat dafür das Regiment im Winter bis in den Frühling hinein. Seine Helfer sind der rauhe Nordwind und der kalte Ostwind.

Wie es aber überall mal vorkommt, wurde der Regenwolkenkönig Tropfen eines Tages unzufrieden darüber, dass er nicht das ganze Jahr über herrschen durfte. Er wünschte sich, dass er wenigstens in diesem Jahr einmal ganz alleine über das Wetter bestimmen dürfe.

Aus diesem Grunde lud er an einem Tag im Oktober, als sich seine Herrschaft dem Ende zuneigte, seinen Bruder Flocke zum Königlichen Tee ein, um mit ihm darüber zu sprechen. Der Schneewolkenkönig nahm die Einladung gern an und kam aufs Schloss.

„Der Grund warum ich dich hier hergebeten habe ist, dass ich dir einen Handel vorschlagen möchte", sagte der Regenwolkenkönig zu seinem Bruder.

„Lass hören", antwortete dieser, „wenn ich dir helfen kann werde ich es gern tun."

„Also", begann Regenwolkenkönig Tropfen, „ich schlage dir vor, dass ich dieses Jahr durchgehend herrsche und du wieder im nächsten Jahr. Wir könnten uns doch abwechseln. Ein Jahr herrsche ich und das andere Jahr du."

Als nun der Schneewolkenkönig Flocke von diesem Vorschlag hörte, war er sehr erstaunt und durchaus nicht einver-standen auf den Regierungs-wechsel einzugehen.

„Stell dir nur vor was passieren würde, wenn es ein Jahr lang immer nur Regen und das andere nur Schnee gäbe", antwortete er.

„Kein Baum und kein Strauch könnte mehr auf der Erde wachsen, es gäbe keine Ernten mehr und keine bunten Blumen in den Gärten."

„Es soll ja nur für ein Jahr sein", beschwichtigte ihn der Regenwolkenkönig. Aber der Schneewolkenkönig schüttelte den Kopf.

„Zudem würden die Menschen und Tiere krank werden und schließlich verhungern."

So konnte der Regenwolkenkönig Tropfen also bei seinem Bruder nichts ausrichten. Schneewolkenkönig Flocke bedankte sich noch kurz für den Tee und ging nach Hause.

Er wohnte in einem Palast, der nicht weit entfernt vom Palast des Regenwolkenkönigs lag. Und da er gerne zu Fuß ging, um sich fit zu halten, machte es ihm nichts aus, den kleinen Weg zu machen.

König Tropfen aber war so enttäuscht, dass es mit dem Tauschhandel nicht geklappt hatte, dass er es geschwind aus einer riesigen Wolke regnen ließ.

Der Schneewolkenkönig Flocke kam bis auf die Haut durchnässt und niesend zu Hause an. Sofort ließ er sich einen Lindenblütentee mit Rum kommen und ging sofort zu Bett.

Aber die Erkältung wollte einfach nicht weichen. Alle Mittel, die er anwendete halfen nicht. Schließlich erinnerte er sich an die Kräuterhexe Alawahra, die ihm früher schon einmal mit einem Wurzeltrank wirksam eine schlimme Krankheit geheilt hatte.

Sogleich sandte er den Diener Nebel aus, um von der Hexe einen Erkältungs-trunk zu holen. Unglücklicherweise traf der Diener auf seinem Weg mit dem Regenwolkenkönig zusammen.

Dieser war gerade dabei, seine Kutsche zu besteigen um Frau Sonne einen Besuch abzustatten. Er hatte im Sinn, ihr ebenfalls ein Tauschgeschäft vorzu-schlagen und es das ganze nächste Jahr über nur regnen zu lassen.

Als der König den Diener Nebel fragte, wo er denn so eilig hin wolle, erzählte dieser arglos alles. Als er fertig erzählt hatte sagte Regenwolkenkönig Tropfen, der Diener möge dem Schneewolkenkönig „Gute Besserung" ausrichten und bestieg nun merkwürdig schnell seine Kutsche.

Er trieb den Kutscher zur Eile an und verschwand kurz darauf in einer Staubwolke. Der Diener setzte indessen seinen Weg fort.

Was meint ihr aber, was der Regenwolkenkönig tat? Könnt ihr es raten? Ich will es euch sagen: Er fuhr auf dem kürzesten und schnellsten Weg zur Kräuterhexe Alawahra!

Diese wohnte nicht weit von der Königsstadt entfernt in einer großen Felsenhöhle mitten im Wald. Sie lebte dort mit einer Blindschleiche und einem bunten Huhn zusammen.

Als der Regenwolkenkönig Tropfen in seiner Kutsche bei ihr anlangte, saß sie gerade vor ihrer Höhle und sortierte ihre Kräuter und Wurzeln, die sie gesammelt hatte.

Aus diesen Kräutern verstand sie alle möglichen Säfte und Tränke gegen die verschiedenartigsten Krankheiten zu brauen.

Sie war sehr erstaunt den König hier zu sehen, denn er hatte sie bisher nie besucht. Sie bat ihn herein, denn sie dachte sich gleich, dass es ein ganz besonderer Anlass sein müsste, der den Regenwolkenkönig her führte.

Drinnen sagte der König: „Der Diener Nebel wird dich bald aufsuchen und um einen Hustensaft bitten.

Ich aber möchte, dass du ihm stattdessen einen Schlaftrunk für den Schneewolkenkönig mitgibst. Er sollte sich einmal gründlich ausschlafen."

Ehe sie etwas fragen konnte, reichte er ihr einen Beutel, der mit vielen Goldstücken gefüllt war. Schnell verbarg die Hexe den Geldbeutel in einer Tasche in ihrem Kleid.

Ihre Frage war nun nicht mehr wichtig und sie antwortete lächelnd: „Gern werde ich Euren Wunsch erfüllen."

Der König verabschiedete sich und verließ die Waldhöhle eilends, denn er wollte nicht noch einmal mit dem Diener Nebel zusammentreffen.

Kurze Zeit darauf traf der Diener des Schneewolkenkönigs Flocke bei Alawahra ein und trug sein Anliegen vor.

Die Kräuterhexe bat auch ihn freundlich herein und sagte: „Setz dich dort auf den Hocker Diener Nebel, ich werde sofort anfangen den Trank zu brauen."

Die Blindschleiche und das Huhn kamen auch herzu und schauten aufmerksam dabei zu, was ihre Herrin mit den Kräutern tat.

Zuerst entfachte die Hexe Alawahra ein Feuer unter ihrem Hexenkessel, einem großen, schwarzen Eisentopf.

Sie goss Wasser in den Topf und ließ es kochen. Als das Wasser zu kochen anfing und dampfte, warf sie die seltsamsten Wurzeln, die der Diener Nebel je gesehen hatte in den Topf.

Nun wallte der Dampf erst richtig auf, Alawahra hob die Hände und murmelte leise einen Zauberspruch:

*Der König soll trinken und schlafen,
Bis der Zauber sich löset....*

Mehr konnte der Diener nicht verstehen, denn die Kräuterhexe sprach immer leiser, bis nur noch ein feines Flüstern zu vernehmen war.

Sie führte sehr seltsame Bewegungen aus und warf noch andere Dinge in den Topf, die sie aus ihren Kleidertaschen hervorholte.

Als der Trank fertig war, nahm sie den Topf vom Feuer und füllte den Sud in eine tönerne Flasche, die sie mit einem Korken schloss. Der Diener Nebel war inzwischen von seinem Hocker aufgestanden und wollte gerade fragen, was er bezahlen müsse.

„Es ist für mich eine große Ehre, dem Schneewolkenkönig zu helfen", sagte Alawahra. „Ich möchte für meinen Dienst keine Bezahlung haben. Aber ich bitte mir aus, ihm den Trank persönlich überreichen zu dürfen."

Sie verschloss ihre Höhle, nahm die Flasche unter dem Arm und begleitete sie den Diener aufs Schloss des Schneewolkenkönigs Flocke.

Nun müsst ihr wissen, dass die Kräuterhexe Alawahra keineswegs – wie ihr vielleicht gedacht habt – alt, böse und hässlich wäre. Nein, sie war recht jung und hübsch. Vielleicht lag es auch an ihrer gesunden Kräutermedizin, dass sie nicht älter wurde.

Als die Hexe mit dem Diener das Schloss erreichte, wurden sie sogleich zum König vorgelassen. Der König war sehr erfreut und auch erstaunt darüber, dass die Kräuterhexe den Diener begleitet hatte.

Er bat sie näher zu treten und sie sagte ihm, dass sie den Wurzeltrank gegen seine Erkältung selbst geben wolle, da sie am besten wisse, wie er angewendet werden müsse damit er die beste Wirkung habe.

Der König schickte seinen Diener hinaus und die Hexe blieb mit dem König allein. Sie gab ihm die Medizin und erzählte ihm dies und das und als sie merkte, dass der Schneewolkenkönig immer schläfriger wurde, sang sie ihn mit einem Zauberlied in den Schlaf:

Schlaf Schneewolkenkönig,
Es wird eine lange Nacht.
Schlaf Schneewolkenkönig,
Ewig, bis du wieder erwachst.

Schlaf Schneewolkenkönig,
Winter wird es dies Jahr nicht.
Schlaf Schneewolkenkönig,
Bis jemand den Zauber bricht.

Als die Hexe zu Ende gesungen hatte, erhob sie sich leise vom Stuhl und schlich sich ungesehen aus dem Schloss. Sie lief zum Palast des Regenwolkenkönigs Tropfen, um ihm zu melden, dass sie seinen Auftrag ausgeführt habe.

Der Regenwolkenkönig und die Kräuterhexe waren nicht böse wie ihr nun vielleicht denkt. Sie waren nur beide sehr unüberlegt. Sie hatten nicht bedacht, was es für Folgen für die Natur haben würde, wenn das Wetter nicht mehr im Gleichgewicht wäre.

Vor allen Dingen hatten sie nicht bedacht, was die vielen Kinder in der Welt dazu sagen würden, wenn es gar nicht mehr schneien, sondern nur noch kalt, regnerisch und ungemütlich sein würde.

„Ja", schloss Fifi ihre Geschichte, „nun wisst ihr, wie es gekommen ist, dass der Schneewolkenkönig eingeschlafen ist. Und dass der Regenwolkenkönig nun nach Herzenslust über die Welt herrscht, ist ja nicht zu übersehen."

„Ja!" rief Fabian dazwischen. „Und er hat wohl auch die Frau Sonne zu einer Pause überredet. Sie lässt sich ja gar nicht mehr sehen."

„Das denke ich auch", antwortete Fifi und schaute auf ihre winzig kleine Armbanduhr. „Jetzt ist es bald Mittag. Ich muss mich beeilen, damit ich nach Hause zu meiner Familie komme."

„Halt, halt", riefen alle gleichzeitig. „Du kannst doch jetzt nicht einfach zum Mittagessen gehen. Kannst du uns nicht sagen, wie man den Schnee-wolkenkönig wieder aufwecken kann?"

„Nein", sagte die kleine Maus und ließ das Köpfchen hängen, „das kann ich leider auch nicht."

Betrübt schauten sich die Kinder und die Tiere an. Aber Fifi fiel plötzlich etwas ein:

„Wartet mal, ich habe eine Idee: Mein Freund, der Tannenzwerg Knorrenreich weiß vielleicht was man tun kann. Er kennt sich mit so vielen Dingen aus und weiß fast alles über die Natur."

„Und wo wohnt der Tannenzwerg?" fragten die Kinder aufgeregt durcheinander. „Und wann ist er immer zu Hause? Kann man da einfach so vorbeischauen?"

„Halt, halt", rief Fifi, „wenn ihr so laut schreit kann ich nichts mehr verstehen. Meine Mauseohren sind nicht so groß."

„Ja", knurrte Nicolino. „Hört doch einfach zu was Fifi zu sagen hat."

Fifi begann von neuem: „Am besten wäre es, wenn ihr ihn alle zusammen besuchen würdet. Er wohnt nicht weit von hier in einem kleinen Hüttchen zwischen den Wurzeln der großen Kiefer, wo man im Sommer immer die vielen Blaubeeren finden kann."

Nils, Fabian und Lara wussten genau wo das war und bedankten sich herzlich bei Fifi für ihren Rat.

Anschließend brachten sie erst einmal die Tiere wieder hinaus und verabschiedeten sich herzlich von Fifi, die mitsamt ihrer kleinen Gitarre unter der Kommode verschwand.

DER TANNENZWERG KNORRENREICH

Als Fifi verschwunden war, überlegten die Kinder, was sie als nächstes tun sollten. Schließlich einigte man sich, dass erst einmal etwas gegessen werden sollte.

Lara konnte schon ein wenig kochen und setzte schnell Wasser für die Nudeln auf. Fabian und Nils kümmerten sich um die Frikadellen.

Während die Kinder am Kochen waren, saß Isidor neben ihnen in der Küche und passte auf, ob vielleicht für ihn etwas Bratenmett herunter fiele, das fraß er nämlich sehr gerne.

Nach dem Essen gaben die Kinder den Tieren auch ihr Futter. Anschließend zogen sich die Kinder Regenmäntel und Gummistiefel an und nahmen Nicolino an die Leine.

Isidor und Kira liefen neben ihnen her.

Sie machten sich auf den Weg zum Tannenzwerg Knorrenreich.

Der Regen strömte, aber die Kinder ließen sich nicht entmutigen. Sie patschten munter durch die Pfützen auf dem Weg und Nicolino tat es ihnen gleich. Nur die beiden Katzen machten um jede Pfütze einen großen Bogen.

Es dauerte nicht lange und sie hatten den Waldrand erreicht. Wenig später waren sie vor der großen Kiefer angelangt.

Als sie alle vor dem Baum standen, sahen sie ein winzig kleines Hüttchen zwischen den Wurzeln der Kiefer und aus dem Schornstein kringelten sich kleine Rauchschwaden. Daran konnten die Kinder und die Tiere sehen, dass der Tannenzwerg zu Hause war.

„Was wollen wir machen?" fragte Nils die anderen.

„Jemand müsste mal anklopfen – das

könnte doch Kira machen," erwiderte Fabian.

„Ja", sagte Lara, „ sie ist ja auch die Jüngste."

Während sie noch so sprachen, öffnete sich die Tür des Häuschens und der Tannenzwerg Knorrenreich trat heraus.

Er war vielleicht einen Fuß groß und hatte ganz graue Haare, die unter einer grünen Mütze hervor-schauten. Auch sein Bart war grau. Er trug eine braune Jacke und eine braune Hose.

Die Kinder und die Tiere sagten alle auf einmal: „Guten Tag, Zwerg Knorrenreich."

Knorrenreich lächelte alle freundlich an und sagte: „Guten Tag alle miteinander. Was führt euch denn bei diesem scheußlichen Regenwetter zu mir? Das muss ja schon etwas ganz besonderes sein."

„Das ist es auch, das ist es auch", riefen alle durcheinander.

„Nun erstmal langsam, sonst kann ich ja gar nichts verstehen", meinte Knorrenreich.

Nils trat ein wenig vor und sagte: „Es ist etwas ganz wichtiges, wir kommen zu dir, weil uns die kleine Maus Fifi gesagt hat, dass du uns vielleicht helfen kannst."

„So so", brummte Knorrenreich gemütlich, „Fifi hat euch also geschickt. Erzähle weiter."

Nils fuhr fort: „Fifi hat uns erzählt, warum der Schneewolkenkönig eingeschlafen ist. Und wir möchten ihn gern wieder aufwecken, damit es endlich mal wieder schneit in der Welt."

„Ja, ja!" riefen Fabian und Lara dazwischen. „Eine Schneeballschlacht möchten wir machen und rodeln und

und…"

„Halt!" rief Knorrenreich und wies auf Nils, „lasst ihn doch erst mal zu Ende erzählen."

„Also", sagte Nils, „Fifi hat gemeint, dass du uns vielleicht helfen kannst."

Knorrenreich nickte bedächtig zu Nils' Worten und sagte dann: „Ich will euch gerne helfen, aber es ist nicht so einfach. Mehrere Dinge sind nötig, damit der Zauber der Fee Alawahra gelöst werden kann.

Ich muss ein wenig nachdenken, damit ich euch auch alles richtig sagen kann. Kommt ein wenig hier unter die Zweige, damit ihr nicht so im Regen stehen müsst."

Die Kinder rückten mit den Tieren zusammen, ganz nahe an den Stamm der Kiefer heran und verfolgten aufmerksam, was Knorrenreich tat.

Zunächst ging er wieder in sein Häuschen und holte sich eine Pfeife, stopfte sie und setzte sie in Brand. Dann nickte er den Kindern zu und meinte:

„Singt mir doch während ich überlege etwas vor. Dann wird euch die Zeit nicht zu lang."

„Wenn es dich beim Nachdenken nicht stört wollen wir dir gerne etwas vorsingen," rief Lara. Dann nahmen sie die Katzen auf den Schoß und Nicolino setzte sich dicht neben Nils und alle begannen zu singen:

Alle Kinder wissen,
Es ist Weihnacht bald.
Doch was sie vermissen,
Ist der Schnee so kalt.

Jeden Tag wie heute
Regnet's tropf, tropf, tropf.
Regenmützen schmücken
Einen jeden Kopf.

Alle Kinder warten,
Auf den Schnee so schön.
Wollen gern im Garten
Einen Schneemann seh'n.

Als die Kinder zu Ende gesungen hatten sahen sie, dass Knorrenreich besonders große Rauchwolken aus seiner Pfeife qualmen ließ und sie warteten gespannt, ob er etwas sagen würde.

Sie brauchten nicht lange zu warten, Knorrenreich zog noch einmal kräftig an seiner Pfeife, wiegte aber seinen Kopf mit bedenklicher Miene hin und her.

„Es ist schon so, wie ich euch vorhin sagte – es ist gar nicht einfach, den Schneewolkenkönig wieder aufzuwecken.

Vor allem braucht man drei Dinge, die nicht einfach zu bekommen sind und man muss sie dann auch ganz schnell holen."

Er machte eine Pause und rauchte wieder ein Weilchen schweigend vor sich hin, während die Kinder und die Tiere aufgeregt miteinander flüsterten.

„Hast du gehört?" fing Nils an.

„Ja, das ist spannend", sagte Fabian.

„Seid doch mal still", knurrte Nicolino.

„Wir hören ja auch zu", beschwichtigte Lara ihn.

Inzwischen machte Knorrenreich ihnen mit der Hand ein Zeichen, dass er nun fortfahren wolle.

„Als erstes muss man am ersten Dezember um Mitternacht riechen, wo sich die Zwiebel der blauen Eislilie befindet.

Als zweites muss man am zweiten Dezember um Mitternacht hören, was sich die Zwerge in Afrika erzählen.

Und zuletzt muss man am dritten Dezember um Mitternacht genau schauen, wo sich die drei blinkenden, silbernen Sandkörner befinden."

„Das ist aber wirklich schwierig", seufzten die Kinder.

„Seid nur ruhig", meinten die Tiere, „wir werden euch helfen!"

Freudig und erleichtert darüber, dass die Tiere ihnen helfen wollten hörten die Kinder nun weiter zu, was Knorrenreich ihnen erzählte.

„Tut alles was ich sage genau zu der richtigen Zeit, dann wird es gelingen, den Schneewolkenkönig zu erlösen.

Es ist sehr wichtig, dass ihr genau zuhört, was die Zwerge in Afrika darüber sagen, was mit den Sandkörnern und der Zwiebel der blauen Eislilie geschehen soll."

Knorrenreich zog eine kleine goldene Taschenuhr, die er mit einem Goldkettchen an seiner Hose befestigt hatte aus der Tasche und klappte den kleinen Deckel auf.

„Nun aber schnell nach Hause mit euch, es ist schon dämmerig. Sonst verfehlt ihr noch den Weg" sagte er und ließ die Uhr wieder in seiner Tasche verschwinden.

„Darüber mach dir keine Sorgen", erwiderte Lara, „die Tiere können ja auch im Dunkeln sehen."

„Wir sollten jetzt trotzdem gehen", mahnte Fabian, „es ist doch noch ein ganzes Stück zu laufen."

„Ja", sagte Lara, „außerdem kriege ich langsam wieder Hunger. Wir haben heute ja keinen Kaffeetisch gemacht."

Alle verabschiedeten sich nun voneinander und die Kinder dankten Knorrenreich für seine Ratschläge.

WIE DIE TIERE DEN KINDERN
HALFEN

Diesmal lief Nicolino ein wenig voraus und spielte mit Isidor und Kira ein wenig Wettlauf und Haschen.

Auch die Kinder hüpften fröhlich den Weg entlang. Als sie zu Hause anlangten, waren aber alle doch recht froh, denn das Wetter wurde immer ungemütlicher und der Regen strömte nur so vom Himmel.

Die Kinder rieben als erstes Nicolino trocken. Isidor und Kira putzten sich allein trocken und legten sich vor den Kachelofen in der Küche um sich aufzuwärmen.

Nils lief sofort in die Stube und schaute auf den Kalender um festzustellen, welches Datum der Tag hatte. „Heute ist der 30. November und heute Nacht beginnt der erste

Dezember."

„Sei unbesorgt," sagte Nicolino, „ich werde heute genau um Mitternacht vor die Tür gehen und nach allen Himmelsrichtungen riechen. Morgen früh sage ich euch, wo die Zwiebel der blauen Eislilie ist."

Isidor erklärte sich bereit, in der folgenden Nacht um Mitternacht zu hören, was sich die Zwerge in Afrika erzählen.

„Und ich werde um Mitternacht am dritten Dezember auf das Hausdach zu klettern, um von dort aus zu sehen, wo die Sandkörner blinkten", schnurrte Kira. „Miauuu, miauu, aber jetzt bin ich sehr müde und werde in meinen Korb gehen."

Auch die Kinder waren sehr müde. Sie aßen noch schnell ihr Abendbrot und sanken dann auch in ihre Betten, beruhigt darüber, dass sie sich auf die Tiere so gut verlassen konnten.

Am Morgen des dritten Dezembers saßen alle im Wohnzimmer. Es war der erste Advent und Lara hatte bereits am Vorabend alles weihnachtlich geschmückt.

Auf dem Tisch lag eine Weihnachtsdecke mit vielen goldenen Sternen drauf und in der Mitte des Tisches stand ein riesiger Adventskranz mit vier dicken roten Kerzen.

Nils zündete feierlich die erste Kerze an und sagte: „Nun wollen wir doch einmal hören, was Nicolino, Isidor und Kira in Erfahrung gebracht haben."

„Wuff, wuff", räusperte sich Nicolino, „ich habe die Luft in alle Himmelsrichtungen erschnüffelt. Als ich Richtung Norden witterte, bekam ich einen ganz besonderen Duft in die Nase.

Es roch irgendwie süßlich aber auch nach Eis. Es roch wie Wasser und gleichzeitig wie Honig. Es dauerte eine

Weile, bis ich unterscheiden konnte, wo der Geruch am stärksten ist. Die Zwiebel der Blauen Eislilie befindet sich in Richtung Nord-Nordwest."

Kira stand auf und maunzte: „Ich habe vom Dach des Hauses um Mitternacht ganz hinten vor den ersten Bäumen des Mischwaldes die drei Sandkörner blinken sehen.

Am Tage sehen sie aus wie ganz gewöhnliche Sandkörner bis auf den Unterschied, dass sie etwa dreimal so groß sind. Hier sind sie."

Sie strich sich mit der Pfote über den Kopf und zeigte drei unscheinbare, kleine und graue Sandkörnchen. Schnell holte Lara ihre kleine Porzellandose in der sie sonst ihre herausgefallenen Zähne aufbewahrte und legte die drei Sandkörner hinein.

Nun war die Reihe an Isidor. Er setzte sich aufrecht hin, legte seinen Schwanz im Halbkreis um sich herum und begann zu erzählen:

Ich erwachte fünf Minuten vor Mitternacht und wartete darauf, dass die Kirchturmuhr Mitternacht schlug. Ich spitzte meine Ohren und lauschte nach Afrika. Zuerst konnte ich nur ganz leises Wispern und Raunen hören.

Bald konnte ich die Stimmen aber deutlich unterscheiden und stellte fest, dass sich die afrikanischen Zwerge gerade in einer Zwergenratssitzung befanden. Nun lauschte ich ganz angestrengt.

Der Zwergenälteste, Zwerg Hakennase, sagte gerade: „Es ist ja ganz schlimm mit dem Regen. In der ganzen Welt regnet es seit Wochen ununterbrochen. Oben auf dem Kilimandscharo liegt überhaupt kein Schnee mehr. So geht es nicht weiter, wir müssen beraten, was man tun kann."

Ein zweiter Zwerg war skeptisch: „Wie aber soll das möglich sein? Es kann keiner so schnell laufen, dass er die Zwiebel der Blauen Eislilie in der Zeit vom Barbara-Tag bis zum Lucia-Tag am 13. Dezember aus der Wassereishöhle am Nordpol holen könnte."

„Ja", warf ein weiterer Zwerg ein, „und wer weiß schon, dass die Lilie auf einer Insel in einem Moorsee eingepflanzt werden muss, damit sie zum Heiligabend blüht?"

„Und nicht zu vergessen", sagte Hakennase wieder, „die drei silbernen Sandkörner müssen um die Lilienzwiebel herum gelegt werden. Das aller schwierigste wird aber sein jemanden zu finden, der mit dem Rindenboot, das am Ufer des Moorsees befestigt ist, zur Insel fährt."

„Warum?" fragte ein ganz junger Zwerg. „Es ist doch sicher nicht schwierig mit dem Boot zur Insel zu rudern?"

„Das nicht Junior", erwiderte der Zwergenälteste, „aber derjenige, der mit dem Boot die Zwiebel und die Sandkörner auf die Insel bringt, kann niemals wieder zurückkehren zu seiner Familie und zu seinen Freunden."

„Warum denn nicht?" fragte der Zwergenjunge wieder.

„Weil die Blaue Eislilie...."

„Dann hörte ich nichts mehr", schloss Isidor seine Erzählung, „ich nehme an, dass die Zwerge immer noch überlegen was sie tun können."

Die Kinder, Nicolino und Kira sahen alle sehr nachdenklich aus, nachdem Isidor seinen Bericht beendet hatte.

Schließlich ergriff Nicolino das Wort: „Wuff, wuff, wir sollten möglichst schnell handeln. Es ist keine Zeit zu verlieren."

„Richtig, richtig", nickten die Katzen zustimmend. Kira rückte ein wenig nach vorn und sprach nun weiter:

„Ich werde mich morgen früh, am Barbara-Tag also, auf die Reise begeben. Ihr wisst ja, dass ich ungeheuer schnell laufen kann.

Ich werde aber ein paar dicke Stiefel aus Pelz gebrauchen. Wenn mir sonst die Kälte auch nicht viel ausmacht, aber kurz vor dem Nordpol können mir doch die Füße ein wenig kalt werden."

Lara sprang von ihrem Sitz auf und rief: „Ich haben noch einen alten schwarzen Pelzkragen, aus dem mache ich dir ein paar ganz warme Stiefel. Gleich fange ich an zu nähen. Komm mit, Kira, damit ich Maßnahmen kann."

Lara und Kira verließen das Wohnzimmer. Die anderen aber waren sehr still und etwas bedrückt, denn sie dachten alle daran, was die Zwerge noch gesagt hatten.

Isidor putzte sich den Bart und sagte dann: „Ich weiß woran ihr denkt: Ihr denkt daran, dass einer von uns gehen muss. Und ich werde euch auch sagen wer."

Er machte eine kleine Pause und die Kinder und Nicolino warteten, was Isidor sagen würde. Isidor blickte alle aus seinen klugen gelb-grünen Augen an und sagte dann langsam und deutlich: *„Ich* werde gehen!"

Er sagte es so bestimmt, dass keiner wagte, ihm zu widersprechen. Isidor fuhr fort: „Die ganze Nacht habe ich mir die Sache hin und her überlegt. Ich glaube, es ist das Richtige."

„Nils und Fabian streichelten ihren lieben Isidor. Traurig dachten sie daran, dass er nur noch kurze Zeit bei ihnen bleiben konnte. Aber sie sahen auch ein, dass es nicht anders ging, wenn sie den anderen Menschen und der Natur helfen wollten. Anschließend liefen sie hinaus um Lara und Kira von

Isidors Entschluss zu berichten.

Lara und Kira waren auch sehr traurig, dass Isidor sie nun alle bald verlassen musste. Aber sie sahen, genau wie die anderen ein, dass es nun einmal nicht anders ging, wenn sie der Natur und den Kindern in der Welt helfen wollten.

Als Isidor zu ihnen sagte: „Ich werde euch jede Nacht im Traum besuchen", freuten sie sich sehr und hofften alle, dass es nicht allzu schwer für sie werden würde, wenn der Abschiedstag nahte.

Erst einmal musste Kira reisefertig gemacht werden. Lara nähte so schnell sie konnte und Kira schaute ihr unverwandt von einem gemütlichen Sesselplatz aus zu. Als die kleinen Stiefel endlich fertig waren, wurde es schon Abend.

Alle waren sehr müde, besonders Lara vom Nähen und Kira vom Zusehen.

Die Zwiebel der Blauen Eislilie

Am nächsten Morgen brach Kira begleitet von den besten Wünschen der Kinder und der Tiere auf. Sie musste sich beeilen, denn trotz ihrer unerhörten Schnelligkeit würde sie mehrere Tage brauchen, um die Wassereishöhle zu erreichen.

Sie lief genau in Richtung Nord-Nordwest, wie Nicolino es gesagt hatte. Nach drei Tagen erreichte sie die Wassereishöhle am Nordpol. Mitten in der großen Höhle lag in einem kleinen Korb die Zwiebel der Blauen Eislilie, die von einem riesigen, weißen Eisbären bewacht wurde.

Er blickte Kira entgegen als sie herein kam und fragte: „Halt! Was willst du hier?"

„Oh", antwortete Kira erschrocken, „wer bist du denn? Ich habe noch nie einen so großen Eisbären gesehen.

„Und ich habe hier noch nie eine Katze mit schwarzen Pelzstiefeln gesehen. Aber nun berichte mir, woher du kommst und was du hier suchst?"

Kira sprang mit ein paar Sätzen zu dem großen Bären und berichtete ihm, woher und weshalb sie kam. Sie erzählte von ihrem Zuhause und den Kindern, der Maus Fifi und Knorrenreich. Und vom Schneewolken-könig, der durch den Zauber der Kräuterhexe Alawahra eingeschlafen war.

Als Kira mit ihrer Erzählung fertig war, wiegte der Bär sein großes Haupt hin und her und brummte:

„Das ist ja eine ganz schlimme Sache. Da muss man wirklich etwas tun. Diese Zwiebel hier im Korb ist die Zwiebel, die du brauchst. Aus ihr wächst die Blaue Eislilie."

Kira rückte näher an den Korb heran und schnupperte vorsichtig an der

Zwiebel. Der Bär aber sagte:

„Ich lebe hier in dieser Eiswasserhöhle seit hunderten von Jahren. Als die letzte Eiszeit über der Erde war, wollten die Erdbewohner gern ein warmes Zuhause haben und andere Jahreszeiten haben, als das ganze Jahr immer nur den Winter.

Es hieß, man müsse die Blaue Eislilie finden und ausgraben. Viele Freiwillige Helfer und Sucher meldeten sich, darunter auch ich."

„Und du hast sie gefunden?" fragte Kira neugierig.

„Ja", antwortete der Eisbär. Aber es liegt ein Zauber auf ihr. Mir wurde aufgetragen, die Eiszwiebel so lange zu bewachen, bis eines Tages jemand kommt und mir berichtet, dass die Natur und die Lebewesen in Not sind, weil es keinen Winter mehr auf der Erde gibt. Jetzt scheint dieser Zeitpunkt gekommen zu sein."

„Ich bekomme also die Zwiebel der Blauen Eislilie?" fragte Kira hoffnungsvoll und schlich näher an das Körbchen heran, aber der Bär hob noch einmal seine Hand.

„Wie ich schon sagte, auf der Lilie liegt ein Zauber. Weißt du was du zu tun hast, wenn du die Zwiebel einpflanzt?"

„Ja!" rief Kira aufgeregt. Die Zwerge in Afrika haben es gesagt: Die Zwiebel muss auf einer Moorinsel eingepflanzt werden und die drei blinkenden, silbernen Sandkörner um sie herumgelegt werden."

Der Eisbär nickte. „Ja, aber das ist noch nicht alles. Derjenige, der die Eiszwiebel pflanzt kann nicht mehr nach Hause zurückkehren."

„Aber warum darf man nicht zurückkehren?" fragte Kira traurig.

„Dann weißt du also doch nicht die ganze Geschichte", brummte der Bär.

„Nun, dann werde ich es dir sagen:

Diese Lilie darf niemals in falsche Hände geraten oder verloren gehen. Deshalb muss derjenige, der die Blaue Eislilie pflanzt neben ihr Wache halten. So wie ich hier die Eiszwiebel bewacht habe."

„Und wie lange wird das sein?" unterbrach Kira den Eisbären. Mit ernstem Blick antwortete er: „Erst wenn eine neue Eiszeit droht und die Zwiebel der Blauen Eislilie wieder ausgegraben werden muss, ist der Wächter erlöst."

„Aber kann man ihn denn nicht wenigstens besuchen?" fragte Kira.

„Nein, denn er wird unsichtbar sein und nur für denjenigen sichtbar werden, der in größter Not zu ihm kommen wird."

Kira nickte traurig. „Dann ist wohl nichts zu machen... Sie seufzte tief, aber dann schreckte sie plötzlich hoch. „Ich muss ja ganz schnell wieder nach Hause! Sonst bin ich nicht rechtzeitig zurück."

„Ich werde dir das Körbchen auf den Rücken binden und den Deckel fest verschließen, damit du die Zwiebel unterwegs nicht verlierst", sagte der Eisbär.

Nun nahm der Bär das Körbchen in seine großen Pranken, schloss den Deckel und befestigte ihn mit einem Riemen auf Kiras Rücken. Damit konnte sie nun ungehindert laufen.

Kira rückte noch einmal alle Stiefelchen gerade, bedankte sich bei dem Eisbären und stob durch den Schnee davon. Sie wollte ja rechtzeitig vor dem Lucia-Tag zurück sein.

Auch der Eisbär freute sich, weil er nun nach vielen, vielen Jahren endlich erlöst war und seines Weges ziehen durfte.

ISIDORS ABSCHIED

Am Vorabend des Lucia-Tages hatte Kira die Heimat wieder erreicht und war bereits in Höhe des Kiefernwaldes, in dem der Zwerg Knorrenreich zu Hause war.

Knorrenreich sah gerade aus einem seiner winzigen Fenster, als er Kira heran sausen sah. Er winkte ihr zu und Kira hielt, nachdem sie einige Meter geschlittert war, an.

Sie ging langsam zu Knorrenreichs Hütte zurück und wünschte ihm einen guten Tag. Der Zwerg qualmte wieder aus seiner Pfeife und begrüßte Kira ebenfalls.

Kira strich sich den Schwanz glatt und schüttelte ein paar Regentropfen aus dem Pelz, ehe sie anfing zu erzählen.

„Ich habe die Zwiebel der Blauen

Eislilie bekommen, hier in diesem Körbchen ist sie. Ich muss jetzt schnellstens nach Hause, damit alles rechtzeitig erledigt werden kann."

Knorrenreich nickte zustimmend mit dem Kopf und meinte: „Das ist gut, das du dich so beeilt hast. Aber nun sage mir doch auch, wohin die Zwiebel und die Sandkörner gebracht werden sollen? Was haben die Zwerge in Afrika gesagt?"

Kira klopfte mit der Pfote an das Körbchen und erwiderte: „Die Zwiebel muss auf einer Insel im Moorsee gepflanzt werden und die drei Sandkörner sollen drumherum gelegt werden."

„Hm, hm", machte Knorrenreich und zog an seiner Pfeife.

„Außerdem", fuhr Kira fort, „muss derjenige, der die Zwiebel und die drei silbernen Sandkörner hinbringt dort bleiben und kann nie wieder zurückkehren. Unser Isidor hat gesagt, dass er gehen will."

„So, so", sagte Knorrenreich diesmal. „Ich denke auch, das Isidor am besten für diese Aufgabe geeignet ist. Er hat ja ein sehr feines Gehör und ist rechtzeitig gewarnt, wenn der Eislilie Gefahr droht."

Kira nickte. „Da hast du sicher Recht."

Knorrenreich fuhr fort: „Sage Isidor, dass er morgen losgehen muss, wenn die kleine Kohlmeise sich am Nachmittag auf das Vogelhäuschen setzt und dreimal mit den Flügeln schlägt."

„Vielen Dank, ich werde es ausrichten", bedankte sich Kira, „aber jetzt muss ich mich wirklich beeilen, damit ich Nicolino, Isidor und den Kindern von meiner Reise berichten und die Zwiebel zeigen kann."

Sie winkte dem Zwerg kurz zu und lief

das letzte Stück nach Hause. Als sie angelangt war, läutete sie Sturm, so dass alle zur Haustür rannten. Das war eine Wiedersehensfreude und ein Erzählen und Berichten. Fast hätten sie alle das Abendbrot vergessen.

Als ihnen endlich einfiel, dass schon lange Abendbrotszeit war beschlossen sie etwas ganz besonderes zu machen, weil ja heute auch Isidors letzter Tag bei ihnen war:

Die Tiere durften ausnahmsweise mit ihnen am Tisch sitzen. Isidor war Ehrengast und deshalb wurde sein Platz mit ein paar hübschen selbst gebastelten Strohblumen geschmückt.

Lara arbeitete in der Küche, während Fabian und Nils den Tisch deckten. Als das Essen fertig war, setzten sich alle an den Tisch und sie schmausten, als ob es ein Feiertag wäre.

Den Tieren gefiel es gut, dass sie heute mit am Tisch   sitzen durften und sie aßen so manierlich, dass es eine Freude war. Sie passten schön auf, dass sie nicht kleckerten und nichts unter den Tisch fiel, was die Kinder meist vergaßen. Nach dem Festmahl gingen alle zu Bett.

Am nächsten Morgen waren alle um Isidor herum und wollten noch möglichst viel mit ihm zusammen sein, bevor der Abschied nahte.

Nach dem Mittagessen packte Lara die Dose mit den drei silbernen Sandkörnern zu der Zwiebel der blauen Eislilie in das Körbchen und stellte alles neben der Haustür bereit.

Anschließend setzten sie sich gemeinsam ins Wohnzimmer vor den Kamin, um das Vogelhäuschen sehen zu können und auf die kleine Meise zu warten.

Auf dem Tisch stand der Adventskranz, dessen Mitte nun gefüllt war mit leckeren Keksen, Nüssen, Äpfeln und

Mandarinen, die der Nikolaus vor ein paar Tagen gebracht hatte. Die zweite Kerze brannte schon und die Kinder sangen ein paar Weihnachtslieder.

Im Kamin prasselte ein wärmendes Feuer und Nils warf leere Nußschalen in die Flammen, weil das immer so schön knallte und knisterte. Es wollte aber dieses Mal keine rechte Freude aufkommen.

Als es fast vier Uhr geworden war und draußen schon sehr dämmerig war, kam die kleine Meise heran geflogen. Sie setze sich zierlich auf das Vogelhäuschen, zwitscherte ein wenig vor sich hin und schlug dreimal rasch mit den kleinen Flügeln.

Als die Kinder und die Tiere das gesehen hatten, blickten sie alle erwartungsvoll zu Isidor. Dieser erhob sich von seinem schönen warmen Platz im Ohrensessel und ging zur Haustür.

Nils, Fabian und Lara halfen ihm, das Körbchen auf den Rücken zu schnallen und drückten ihm die Pfote. Sie wünschten ihm von Herzen eine gute Reise, aber sie hatten alle Tränen in den Augen.

Nicolino und Kira sagten: „Miau, miau und wuff, wuff."

Auch sie waren sehr gerührt und wünschten Isidor ebenfalls viel Glück für seine Reise. Und so verließ der treue Kater sein Zuhause, um den Zauber der Kräuterhexe Alawahra zu lösen.

Ja liebe Kinder, was meint ihr? Ob er wohl die Insel im Moorsee erreicht hat und ob die Blaue Eislilie am Weihnachtsabend geblüht hat?

Ja, ich bin sicher, dass er es geschafft hat. Denn wie wäre es sonst möglich gewesen, dass am Heilig Abend ganz sachte die ersten Schneeflocken zur Erde fielen?

Es schneite mehr und immer mehr. Es wurde richtig Winter und die Kinder konnten alle die schönen Spiele spielen, die im Winter so viel Spaß machen:

Schneeballschlachten, auf den Spuren der Trecker einher rutschen, Rodeln und noch viele andere Dinge, jeden Tag etwas Neues.

Oft aber dachten sie an ihren lieben Kater Isidor, der für sie alle so viel getan hatte.

Manchmal träumten sie nachts von

ihm, wie er auf der Insel im Moorsee immer Marzipanmäuse jagte und wenn er sie fraß, am liebsten dazu Himbeersaft trank.